KB062064

남아있는 이들은 모두 소녀인가요

시작시인선 0310 남아있는 이들은 모두 소녀인가요

1판 1쇄 펴낸날 2019년 11월 21일
지은이 김명신
펴낸이 이재무
책임편집 박은정
편집디자인 민성돈, 장덕진
펴낸곳 (주)천년의시작
등록번호 제301-2012-033호
등록일자 2006년 1월 10일
주소 (03132) 서울시 종로구 삼일대로32길 36 운현신화타워 502호
전화 02-723-8668
팩스 02-723-8630
홈페이지 www.poempoem.com
이메일 poemsijak@hanmail.net

ⓒ김명신, 2019, printed in Seoul, Korea

ISBN 978-89-6021-457-6 04810
     978-89-6021-069-1 04810(세트)

값 10,000원

＊이 책은 경남문화예술진흥원의 문화예술지원을 보조받아 발간되었습니다.

남아있는 이들은 모두 소녀인가요

김명신

천년의
시 작

매일 북쪽 창문을 열면
어린 새소리가 들려옵니다
등 뒤 거실과 안방 베란다에서도 일제히

롤랑_발터_알들_꼬나_크림_벨라_꼬두_민트_테오_꼬네_초검
베드로와 함께 우린 곧 최소 열두 명 이상의 대가족입니다

우리 집에 놀러 오세요
로또가 되지 않는다 해도

조롱산 자락 북쪽 작업실에서
2019년 10월 안개 자욱한 날 아침

차 례

시인의 말

제1부 *꼬꼬잠년*[*]에게

'꼬꼬잠년'은 뭘 잘 모르는 도시 소녀 둘을 놓고 싸울 수도 때릴 수
도 없는 데다 친하게 지내고 싶지만 가까이 하기엔 너무 짓궂었던 동
네 아이들이 시기 질투를 내보이는 가장 큰 욕이 아니었을까. 희고
순한 낯빛의 어린 동생을 기필코 보호해야 하는 어린 언니에게 들리
던 참혹하지만 어쩐지 거리를 좁혀 오던 노랫소리. 동생은 아기 새
였고, 소리를 내지 못하고 울던 건 어린 언니도 마찬가지였다.

8월

그것들이 돌아와야 하지 않겠습니까,

화분에 흙이 적어 좋구나

상자가 어두워졌으니 좋구나

무엇도 그곳으로 가지 않았다고 말할 때까지

모두 다 똑같다는 말로 위로하지 않겠어요

그해 여름은 그해 여름

실언들은 자라고

저 닫히지 못하는 입들

그해 여름이라니 고양이는 나무 위에서

무엇도 돌려보내지 않을 거예요

네잎클로버가 위험합니다

타룩

백야에 보았던 불룩한 심장은 어떤 빛깔이었나요

심장 이전의 눈
눈 이전의 눈빛
눈빛 이전의 목덜미

어떤 방향에서도 피할 수 없는 죽음
오래 살아온 약속

누가 멀리 보낼 수 있을까요
아무것도 없다는 고향에도 그늘은 있어요

무지개의 눈빛과 숨소리
감정의 빛깔이 밤을 유예하는 거기들

우리는 매일 내려앉고 거처를 찾아 헤매지만 정착하지
않아요
같은 이름을 먹어치우고도 한 번도 배부른 적 없죠

아버지, 순정한 아버지

몇 개의 눈알을 먹어치우셨나요

백야에 박히는 웃음들 울음들
툰드라의 꽃은 늑대개의 발톱에
늑대개의 발톱은 소년의 검은 눈으로
소년의 검은 눈은 아버지의 눈알을 먹고
등가죽을 후려치며 눈으로 사라질 때까지

기다릴 필요는 없어,

놓아주세요

창을 뚫고 빛들이 부서질 때 어른이 와서 소년의 목덜미를 잡아 올렸다

놓아주세요 놓아주라고요

소문은 유치했다 어른의 목소리가 단계적으로 끊어졌다
부모를 데려와야겠다
소년의 손톱에서 피가 났다 흐르는 피를 보며 웃는다

아무도 소년이 커튼을 휘날리게 한 것에 의문을 품지 않았다
소년은 갇혔으나 즐거웠고 갑작스레 많아진 관계자들에 신이 났다

야, 어디에 감춘 거야, 어디 한번 보자
소년들의 손가락 장난은 멈추지 않았다
아무것도 아닌 행위에 대해 소년은 부모를 만나 최대한 애쓰며 용서를 빌었다 순수가 먹힐 때까지

커튼은 이미 고장 나있었어

진짜 햇살을 보여 주고 싶었을 뿐이야

소년들은 그냥 소년의 칼에 집중되었다
어서, 눈을 떠봐
우리에게 어둠의 시간은 아직 오지 않았어
고장 난 건 어른들이야

소년의 목덜미가 또 한 번 하늘에 걸렸다
부모가 걷는 복도는 좁고 길었다
관계자들은 소년을 향해 말을 멈추지 않았다
소년의 웃음소리가 커튼을 젖히며 휘날렸다

저것 봐, 얼마나 아름다워

는개

오래 기다려야 해

무겁고 어눌한 눈알들
감시의 냄새들

흙이라면 좋겠지
숲이라면 더 좋을 거야

어린 땅꾼들은 길고 아득해
콧노래를 밤새 부른 건 아직 미숙한 채비

진득하니 내리는
소문은 겁 없이 자라고

개망초꽃을 헤치며 멀리 마을을 돌아보고
막대기를 휘저으며 휘파람을 불며

온다 온다 다리도 없이
싸늘하고 찐득찐득한 목덜미로

검은 머리들도 소리도 사라지고
멈추면 안 돼, 걸어만 가

눈 뜨지 말고
잠 속으로 잠 속으로

길은 있을 거야

혼혼몽몽

어머니가 그러시네
자궁 물을 다 마셔**버린** 아기도 남아 죽어**버린** 아기도 모두
내 잃어버릴 어머니시라네

그리고 깨어났어요
여자아이였어요
제법 큰 아이였는데 단발머리를 하고 있었어요
눈썹이 없고 입이 없고 눈이 얼마나 컸는지요

아이는 오래 기다렸어요
뒤를 돌아보면서
따라올 그 무엇이 아직 오지 않아서인지
뭐라도 따라오라는 것인지

마지막 장면에서 일렬로 선 물고기들이 보였어요
종류가 같았는지 달랐는지는 잘 모르겠어요
다만 물고기들은 아이와 같이 일시 정지 상태였어요

그러다 움찔!

물이 없었어요 물론 물고기나 아이는 움직이지 않았지
만 호흡하고 있었다는 걸 알아요 무엇보다 그 장면은 따뜻
했어요

20

그렇게 느낄 즈음에 아이가 남은 한 발을 땅에 올려놓았
어요

어떤 안도와 함께

죽어버릴 아이를 꿈꾸기도 하는지 모르겠어요
그렇다고 기분 나쁜 건 아니었어요

말할 수 없는 소녀

휘파람 소리가 들리는 곳으로 따라갔다

무슨 나무야, 모르겠어

이젠 아무 데도 못 가

대신 이렇게 한 번씩 휘파람을 불어야지

얼마나 다행이야

멀리서 이렇게 와주시다니요

휘파람은 날아가는 바람 중에 가장 아름답고 쓸쓸합니다

남아있는 이들은 모두 소녀인가요

비밀은 날아가고 목은 닫혔어요

찾는 게 소녀라면 당신은 잘못 왔어요

모르는 소년

소년이 먼저 말을 걸어왔다

저는 원래 박쥐를 좋아해요

박쥐는 쉽게 볼 수 있진 않지

그래서 고양이를 좋아해 보려고요

근데 고양이들이 왜 저에게는 오지 않을까요

아마 제가 고양이라도 제게 오지 않을 거예요

괜찮아요, 혼자 놀 수 있어요 혹시 이따 우리 놀래요 우
린 친구잖아요

어느 말에 끼어들 틈도 없어서 어떤 말도 하지 못했다

오후 3시 30분에 여기서 만날까요

못 나올 수도 있는데 괜찮아

괜찮아요

그날 이후 소년을 마주친 적은 없었고 길고양이들이 참변
을 당한 사실만 하천 현수막에 적혀 있었다

요새 누가 어른하고 친구를 하겠어,

몽몽

가장 푸른 보름달 밤이 남자를 낳아요

우리는 국경에 우물을 만들어요
꼭 세 번의 바람이 돌아 나간 우물의 말을 믿어요

가장 푸른 보름달 밤은 언제 오죠
모래 국경에 떨어지는 부러운 별들

소년들은 매일 밤 모래에 올라가 말과 춤을 추어요
별을 따서 주머니에 넣을 때마다 말 울음을 울어요

소녀들은 푸른 별로 몸을 씻으며 울어요
가장 푸른 보름달 밤이 별을 먹어요

바람으로 짠 강물 위로 꽃들이 피어요
소문이 총알 되어 모래 국경으로 가요

소년이 소녀에게 내려요
말 한 마리 산을 물고 잠드네요

노래는 없어요

바람이 모래 국경에 올라타요

별을 따다 총에 넣어

가장 푸른 보름달 밤의 아버지

우리는 또 건너가네요

소녀의 입술

다음이라고 말하고 돌아서는 소녀를 알지 못한다
이름이 뭐야, 모르는 소녀가 한참을 마주 서있다

벚꽃이 떨어졌다

우리 집에 새가 있어, 놀러 와, 이런 말을 하고 말았지
네에, 아주 작고 길게 대답을 해놓고 한참을 마주 서있다

안녕,
안녕,

소녀는 지하 3층에서 함께 엘리베이터를 탔다 지하 2층
에서 소녀가 내렸다 지하로 오면 훨씬 빨라요 1층 공동 현
관에서 소녀를 다시 만났다

우리는 몰랐는데 한 번 더 본 사이

우리 집에 정말 새가 있어, 이 말을 해버렸지
다음에요

소녀는 오른발을 직각으로 꺾어둔 채로 서있었는데, 고개를 숙이고 낮은 소리를 냈지

으응, 다음에, 지금 보라는 말은 아니야

소녀는 달려가고 이팝나무꽃이 라일락 향이 아카시아 향이 뒤를 따르고

버찌씨를 그냥 뱉지 마세요

버찌, 퉤!

크게 멀리 한 번

버찌, 퉤퉤
버찌, 퉤 퉤 퉤
버찌, 퉤 퉤퉤
버찌, 퉤퉤 퉤퉤

버찌, 후
버찌, 후후
버찌, 후후   훅!

버찌, 푸
버찌, 푸푸
버찌, 푸푸 푸푸

버찌, 푸푸 퉤
버찌, 푸퉤 푸퉤
버찌, 푸퉤 푸퉤 푸퉤 푸

버찌, 푸푸퉤퉤 푸푸퉤퉤
버찌, 푸푸퉤퉤푸푸퉤퉤푸푸퉤퉤 푸

버찌 버찌 버찌 퉤
버찌 버찌 버찌 퉤퉤

배고플 때까지!

차력사와 십이지장충

1

고양이가 보이지 않는다고 했더니 소녀가 배를 내밀며 이건 그럼 뭔데요 한다 거긴 고양이 혓바닥을 만나본 물과 밥그릇이 반듯하게 놓여 있었다

2

뱀 같아, 어디, 바람이야, 어디, 발목으로 기어오르고 있어, 어디, 아이 간지러워, 어디, 스멀스멀 착착, 소리가 나, 아이 점점 위로 감기는데, 뭐가, 이 뱀, 어디, 이렇게 투명한 뱀도 있어요

3

사람들이 에워싼 중심부에 소년이 엉덩이를 내놓고 운다. 그것을 뚫어져라 쳐다보고 있는 사람들은 점점 멀어지거나 가까이 간다. 가제 수건으로 마이크를 싸쥔 남자는 소년의 엉덩이로 사람들을 유인하고 그의 이마와 목덜미에서 붉은 땀이 굴러 내린다.

이 약만 잡쉬 봐————
아쿠야, 저것 좀 봐————

윙윙윙윙 윙윙윙윙
야, 야, 저것 좀 봐―――――

소년은 사람들 속으로 사라졌고 몇몇의 사람들이 선물처럼 나눠 주는 약들을 홀린 듯 받아 들고 자기 엉덩이를 만지작거리며 뿔뿔이 흩어진다. 이럴 때 저녁이 오고 들어갈 집이 없는 이들만 갈 길을 재촉하거나 주저앉는다. 다행히 약은 다 팔렸기를.

난 먹지도 않은 알약. 깨작거린 저녁. 생각으로 배불러 아픈 배를 잡고 자는 내내 똥을 상상했어. 배꼽을 내놓고 잠든 밤에 남자의 손이 엉덩이에서 나오는 벌레를 들고 흔드는.

4
동네엔 이상한 사람이 더러 있고 그를 보기 위해 모여들기도 하지만 가장 이상한 사람은 모여든 사람들이라는 걸 잘 모르는 것 같아, 웃으려다가 입을 막거나 인사를 하려다가 고개를 돌려 버리기도 하고 오다가 뒤돌아 가버리기도 하는 게 요즘이야, 누가 꼬박꼬박 아는 체를 하니

환절기

미싱은 검은 기계라고 불렀다
검은 기계가 잠깐씩 쉴 때마다
잠이 쏟아졌다

대소가에 큰아버지 댁 일이여야

그때만 해도 학문이 높으신 양반이어서 전국 안 간 데가
없이 요샛말로 초빙되어 족보 일을 보셨지야, 참 좋게 생기
신 데다 팔 남매를 줄줄이 잘 뒀다고 팔자 좋다는 소리를 들
으셨응게 안 유명하겠냐, 그래도 사람 일은 다 안 그렇더냐
좋고 나쁜 일이 끼어있는 것이제,

그때만 해도 잘 먹고 사는 사람이 많지 않던 시절이라 한
번 병에 걸리면 죽제 못 살아났어야, 그래도 큰아버지 댁은
그럴 일이 전혀 없이 암시랑토 안 했는디 하필이면 큰딸이
폐병에 걸려서 죽었지 뭐냐, 지금에야 부모 앞서간 딸 꼬실
라서 뿌리면 그만이지만 그땐 그럴 수가 없었제,

지금도 눈에 빤하다 꽃 같은 큰딸 옆에 독한 꼬칫불을 화
로 한가득 피워 올렸지야 훠이훠이 좋은 곳에 가거라 하면

서 몸썰 나게 울어댔지야 공동산에 묻어분 다음에는 죄 없
는 큰어머니한테는 달포에 한 번씩 가고 사랑채에 계셨다
지야 슬픔도 한때라고 그작저작 세월이 가고 한 해 있다가
충청도로 족보 일을 보러 갔는디 그날 저녁 맥없이 긴 꿈을
꾸었다고 하더라,

   약천 사심당은 바위가 좋은 것이 솟구쳐 있었는디 얼마
나 물이 좋았는가 금 중발을 놓고 떠먹었어야 금메 금 중발
좋은 줄은 알아서 도둑놈이 안 가져가 버렸겠냐 그 후로 맥
없는 일들이 마을에 일어나기 시작했다더라,

   큰아버지가 팔자 좋은 사람인 게 정월 보름날 생 돼야지
를 잡아 가서 보름 동안 머리 매고 이웃 사람들과 말도 안
하고 산 진지를 드리고 캄캄할 때 산짐승 좋아라고 산돼지
를 놔두고 내려왔어도 말이다,

   약천을 들어가는 입구엔 산과 산 사이에 먼 듯 가까운 듯
저수지가 있었는디 울퉁불퉁한 청 독으로 된 바위가 뾰족
뾰족 올라서 있어서 어떤 병도 마을로 침입하지 못했는디
도 말이다,

팔자 좋은 큰아버지의 눈에 생시처럼 환하게 사심당 꼭대기부터 청 독으로 둘러싸인 저수지까지 싯누우런 삼베가 깔리더니 그 위로 꽃상여가 내려오더라는 것이제.

깜짝 놀라 그 길로 집으로 안 돌아왔겠냐, 하이고! 글씨 사랑채에 서울서 공부하는 잘생긴 작은아들이 피까지 토하는 기침을 해대 싸면서 누워있더란다, 하이고! 그 높은 곳에서 내려오는 것이 내 아들이었다니 얼마나 높게 가르칠 사람이었나 생각하니 기가 안 막히겠냐 그 아들 죽고 홧병으로 큰어머니가 따라나섰제.

그러고 있다가 얼마 안 있어서 큰어머니하고 달갑지 않게 지내는 옆에 사는 동서한테는 안 옮아갔는디, 입에 것도 나눠 먹는 밭떼기 하나 건너 산을 넘어야 하는 유동 아짐이 옮아서 시름시름 앓더니 큰어머니 손을 잡았지야 글고 또 얼마 안 있어서 멀리 시집간 유동 아짐의 큰딸이 맥없이 또 죽었다고 안 허냐. 사이좋은 사람끼리는 병도 따라 사는 갑지야.

아야.

폐병이 요새는 안 옮기도 한다더라마는 그래도 병문안 갈 때는 밥 딴딴히 먹고 가야 쓴다

잠에서 깨어나면 검은 기계는 습한 기침을 했다

11월의 비

우리는 얼어갑니다
언제 따뜻한 적이 있었나요
잠시라도 멈춘 적이 있었나요
우리의 질문은 막힌 적이 없었습니다
우리의 대안은 노래였는데 오래전 잃어버렸습니다

함께할수록 외로워지지만

나무를 생각하는 새
눈을 기다리는 소년의 하품

11월에 내리는 비의 얼굴입니다

제2부 물 없이 죽어간 아이에게

한곳에 너무 오래 있었습니다

억새, 풀벌레, 텃새, 고추잠자리, 나비, 애벌레, 청둥오리, 저수지, 불투명 비닐 천막 속의 의자들, 부러진 옷걸이, 동강 난 삽, 널브러진 밥그릇들, 찌그러진 양은 냄비, 찢어진 비닐의 먼지, 나이 든 여자의 빛바랜 꽃무늬 치마, 희끗희끗한 머리카락, 유난히 작은 귀, 짧은 인중, 자주 립스틱, 노 없이 떠있는 배, 출렁이는 저수지, 먼 곳의 새들, 저수지로 내려앉는 해

해 지기 전에 도착했으니 손을 잡아도 될까요

나뭇가지에서 걸어놓은 눈물이 내리네

어른의 이름으로 빵을 훔쳤네
따뜻해서 눈물이 났네

차가운 귀는 따뜻한 말만 들었네
한 번만 안아주실래요
껴안는다고 따뜻하지 않아
배부르지도 않고

엄마가 없다는 것은 네 아이가 엄마가 되었다는 거야
나는 모르는 나귀를 타고 하얀 눈을 뿌리는데
내 말을 알아듣지 못하는 귀만 큰 나귀는 엄마라면서 우네

제발 좀 울지 마요
머리카락은 또 길어요
차라리 내가 빵이 될까요

꿈에서도 꿈이 얼어요
노래를 모르는 아이가 있나요
내 말은 언제나 노래인데

함께 춤을 추자고 언제나 여우가 와요

첫눈은 늘 내 눈에만 내려요

꽃은 피면서 죽는다

여기 멈춰보시오

저리도 푸지게 피어나는 것을
어찌 다 못 보고 떠날 것이냐

늙으나 젊으나
떠난 사람만 불쌍하네

꽃은 늘 건너편에 있다지요

입술이 파래지고 눈이 감기니
분명코 곧 사라질 것이니

꽃이 꽃을 탐내서 저리도 환하다지요

봄볕에 좀 타면 어떠냐
저 꽃잎은 다 진다 해도 내년에 또 필 것이니

바람은 봄에 부는 바람이라면서요

꽃이 흐드러지게 저리도 풍성한 것은 언제 닥칠지 모르는
바람을 기다려서라지

바람이 와서 흩어놓아야 달빛은 더 요상해지는 거라지

석류나무 아래 붉은 눈알들

볕이 짧은 마당으로 침입하는 그림자
녹슨 대문이 덜컹거리고
전화벨이 울리고
창문이 떨고
낡은 구두 위로 앉은 검은 네꼬
두 발을 모은 앞으로
붉은 눈알들

네꼬, 네꼬
어린 것들이 이제 막 소리를 내려고 할 때야

반기는 무엇 없어도
사방을 노리는 것들은 많아

이리로 와, 좀 더 크면 알게 되지
여기선 스스로를 잘 지키고 있어야 해

하얀 동백이라고 해서 데려왔는데

은은

눈이 내렸다
따뜻한 분이라고 했다
손을 흔들어주었다
오래도록 바라보았다
말은 계속되었다
문이 세 번 움직였다

눈 속에서 여우가 나왔다
너의 눈을 빼줘!
눈물이 났다

저길 봐요!
검은 강물

집이라고 했다

도강

도망이라뇨,

　무섭지 않은 밤은 없어요 마을과 마을 사이에 나락이 있
고 그 강물에 적신 것들은 모두 검게 되었어요 저 강에 빠져
죽은 달과 별은 또 얼마나 많을까요 여우가 울다 빠지고 수
양버들이 손을 잃어버린 것도 흔한 일이었죠 벌써부터 뒷머
리가 당겨요 오늘은 온통 눈밭이라고 했더니 달빛이라네요
늑대인지 여우인지 내 노랫소리는 커져만 가고 내 입을 막
는 어둠의 손을 볼 수 없어서 숨이 막힌다고 소리치다가 노
없는 배에 올랐어요 지난여름 사공을 먹어치운 이 강은 절
대 또 건너지 말아야지 했지만 우린 살기 위해 어둔 강물에
흘러야 했어요 아슬아슬하죠 이 강물에 닿으면 강물 귀신이
다 가져가 버린다고 했어요 나보다 더 배고픈 귀신은 내 노
래를 무서워하죠 고분고분한 강물에 자장가가 들려요 내 소
리는 마음에 흘러들고 달빛에 몸을 씻는 강물 달 한쪽 베어
물고 이불에 얼굴을 파묻고 잠이 들어요 죽음을 씻기는 고
요가 새벽을 데려와요 희붐한 물안개가 따뜻하네요

바람이 꽃에 흔들릴 때

아이의 주먹을 개가 핥고 있어요

꽃들이 바람을 먹고
개들이 바람에 부풀어 오른다

구르는 꽃들
꽃을 따 먹는 개들의 입술

개의 어금니에 앉은 꽃들
꽃이 꽃을 본다

꽃이라도 꽃을 다 알진 못해요

개를 꽃이라고도
바람을 꽃이라고도 해

꽃 속에 바람 속에 개 속에 아이 속에

바람이 살아,

응달 양달

오른쪽은 검은 산
왼쪽을 보면 조금 숨통이 트일 거다
가는 눈으로 햇살을 막아보면 잠이 들어버려서
이렇게 죽어도 좋겠지 싶다가도
좀 더 따뜻하게 죽어가고 싶어서 햇살 따라 움직이는 것
좀 봐

창밖엔 뭐가 보여요
예전엔 해 잘 드는 마당 있는 집들이 보이더라만 요즘엔
해 잘 드는 무덤이 보이더라
명자나무는 아직인가, 저기 좀 봐
저긴 벚나무 길이네, 꽃길은 사람을 무력하게 하지, 안
그래, 같이 피고 지는데 생명 주기가 달라서인가,

개나리도 복숭아도 온통 연애야
저기 저 사이로 목련들 좀 봐,

아는 무덤 앞은 민들레꽃들이 덮어버렸다

머리만 떼서 멀리 아주 멀리 던져버려,

무덤

개나리가 청매가 산수유가 동백이

피고지고피고지고피고지고

나 아직 안 죽었다

문을 닫고 따스한 볕을 쪼이고 있는

저곳이구나

저기를 봐라

나의 죽음을 계약하러 가는 길이 꽃길이구나

꽃망울 눈망울

먼저 있던 왕벚나무는 몇 살인지 몰라요 여러 나무들 사이로 자라는 풀들의 이름도 다 못 불렀는데요 왕벚나무는 뻣뻣하게 잎만 무성해 가고 있어요 사람들은 그곳을 지나치지만 사건을 모르죠 누군가 그 자리에 몸을 놓고 안녕을 숨죽여 빌었다는 것을요 시간은 시간을 생각하는 사람에게로 흘러들어요 도무지 살아날 것 같지 않은 나무에 꽃망울이 생기고 자잘한 꽃잎들이 환해서 어떤 사실도 떠올리지 못하겠지요 당신도 알고 있을 거예요 지금의 당신 이전의 일들을요 비가 내리고 바람이 어지러운 날 꼭 왕벚나무만 환한 이유를 조금만 생각할 수 있다면요 앵무새 꼬오는 태어난지 두 달도 되지 않아 왕벚나무 아래 심어졌지요

나비잠

감기지 않는 꽃의 눈꺼풀을 먹어버리자
내 말의 눈망울

첫눈은 하얗지
신은 첫눈을 거둬 가

끓는 차 한 잔에 잠을 자고 싶어
추워, 따뜻해, 추워, 따뜻해
묻지 말고 계속 말해 보면 좀 따뜻해져

한 번 지핀 불꽃만큼씩
꽃잎이 얼어가

우린 모두 간절한 생을 살아
마음을 아주 놓고 싶다면 그건 잠의 세상이지

아이의 시간

빛을 업고
춤을 추는 잎들

바위에 흘러내리는데
아이는 그것을 잡으려 하고

아이야, 거긴 벼랑이야

바람이 등을 끌어내리고
새들이 머리를 쪼아댔지

아이야, 아이야
아이는 위험을 모르고

아이를 나에게 올려줄 수 없겠니

햇살이 검은 나무 한 그루를 주었어

이제 더 이상 벼랑은 없을 거야

아이는 때도 모르고
여태 춤을 추고 있어

물컹

바람 안에 집을 지었구나

음흉한 낮달

죽어있는 개의 송곳니가 빛난다

차마 만질 수 없는
구름이 떨어진다

움직이는 것들이 전부 살아있는 것은 아니야

어쩌면 돌아오지 않을 수도 있어
서로 다른 바람 같은 거지

돌아오지 못할 거야
우리는 떠날 거야

사람이 보이지 않는다

셔터 앞 겨울은 딱딱한 개의 배를 만져봤을까

제3부 어머니에게

자비에 돌란_에르베 기베르_베르나르 포콩

철문이 갑자기 닫혔다
스치는 것들은 모두 가루로 흩날렸다

어떤 향기가 흩어질 때 형상을 볼 수 있었나요

우린 매혈을 했습니다
얼마인가요 당신의 피

이대로 허물어지기가 쉽지 않을 때 당신은 살을 벗고 벗기고
햇살에 문드러지는 눈동자
뭉개지는 주변 때문에 당신이 확연해지는 겁니다

그늘의 경계와 빛의 두께를 재려고 합니다
당신은 그늘에 닿으려고
한 번도 땅에 닿지 않은 발을 붙잡고 춤을 춥니다

당신이 새에 닿아본 적이 있나요

흙산 엘레지

이봐, 이봐, 너!
이걸 정말 할 수 있어

뱀을 목에 걸고 무덤에 올라 춤을 출 수 있어
목을 하늘로 쳐들고 어둑새벽까지 달을 노래할 수 있어
여기 아이들을 손가락에 끼울 수 있어
욕을 아름답게 먹을 수 있어
상수리나무 꼭대기에 올라 별이 될 수 있어
배고플 때 휘파람을 분해할 수 있어

못써, 땅강아지
날개는 절대 떼지 마

흙 묻은 손을 오십 번 빨아 먹은 후에
하늘에 침을 백 번 뱉은 후에
알락꼬리여우원숭이처럼 걸어 다니며
미안해 사랑해 천 번 외쳐

아차, 뱀
아이들이 산으로 다시 뛰어

산은둥글어둥근것은따뜻해따뜻하면엄마

아니 다시

산은둥글어둥근것은호떡호떡은맛있어맛있으면엄마

아니 다시

산은둥글어둥근것은수박수박은빨개빨가면핏물핏물은
무서워무서우면엄마

아니 다시

산은어두워어두우면까매까마면무서워무서우면달려달
리면아파아프면엄마

땅강아지 날개를 잘 묻어줘
무덤엔 이름을 쓴 막대기를 높이 꽂아

소년은 산 꿈을 꾸고 꿈은 소년을 죽이고

앗, 저 허물

눈빛

나는 무릎을 자주 꿇었어요
당신은 늘 길게 내려다보았고요

울지 않았고
화내지 않았고

당신의 눈은 흔들리지 않았죠

당신 같은 눈빛을 갖고 싶었어요
그사이 당신의 눈은 닫혀 버렸지만

잘 낳아놓고 잘 자란 자식을 질투하는 것도 쉽지는 않
을 거예요

일요일

개들이 길을 비켜주지 않는다

확고한 바닥

바람이 좋은 오후

소식을 듣지 않아도 와요

엉덩이를 마주하며 지켜야 할 것들

급하게 오진 마세요

우린 그냥 엉덩이를 마주할게요

가끔 사람의 말로 노래할게요

길이 길을 놓아주지 않을 땐

검은 개는 빛나고

검은 개들이 분명한가
엉덩이에 꽃을 꽂고 꼬리를 노래하고 오줌을 누지 않는

붉은 눈동자 초록 눈동자 반반
길목마다 허리를 곧추세우고 앉아 비켜주지 않는

털로 생각을 위장할 수 있을까
꼬리가 미래를 계획할 수 있을까
아침 이슬에 입술을 바치는 걸 기도라고 할 수 있을까
구체적인 나의 이름은

나무에 매달려 기도하면 들어줄지도 몰라
검은 개들은 화려를 상상한다

화려하면 꽃
꽃은 바치기 위해 피는 거지
꽃은 침을 뱉기 위해 지는 거지

기도할 것이 너무 많아 나무를 잘라버리는 검은 개들이여

일제히 침을 뱉고

일동 쉬잇!

12월 31일

우리는 후미진 도시
바퀴 속으로 들어가는 검은 그림자

등을 바라보는 눈빛이 있고
살며시 내려앉은 손이 있고
돌아보지 말라고 속삭이는
귓속말에 설레는 심장이 있습니다

아직 다 울지 못하는 어머니의 눈

우린 한때 무엇이었을 텐데요
베어 물다 남은 티라미수 한 조각이었을지도
읽다 만 두꺼운 책의 어느 페이지였을지도

한때 나는 새였을지도

저지대

저 구름은 어디서 온 시간일까

바깥을 살피는 안의 상황은 비교적 느려
태연한 우리들의 높이

지나온 시간은 끄집어낼수록 빛을 잃어
어서 기도를
어서 눈물을
어서 노래를

어서 무엇이라도

우리의 장소는 언제나 축축하고!

그러니 라디오를 켜볼까요

아이들은 왜 고함을 지르며 노는지 몰라

야, 어딜 가
이제부터 놀기 시작인데!

생일 축하 노래가 올라온다
지독히도 무더운 여름날에 태어났구나

집에 들어가자, 어서
괜찮아, 어차피 상관없어

어른만 빼내 저 하늘의 구름에 한나절 걸어두고 싶다고
생각했다

몇은 돌아가고
점점 더 악을 쓰는 아이들

엄마, 안 따라갈 거야, 안 따라갈 거냐고!

어둠에서 태어난 아이들

어두워질수록 들어가고 싶지 않아서 귀를 닫고 뒤를 돌아
보지 않고 정말 죽어라고 악을 쓴다

해 떨어지면 집으로 들어와야지, 안 그래
우리는 매일 집으로 들어가면서 울지만

어른의 생일과 아이의 생일이 같다는 것에 웃는 것보다
누구도 없는 식탁에서 홀로
어둠을 견디는 나날들에 미역국이 식어가고

누가 먼저 춤을 추었나

우리는 부서지기 위해 껴안고

누가 초대했을까

흘러가는 저 음표의 행방을
지금은 누구도 신뢰할 수 없고
무례라고 말하지 못하네

그들의 춤에서 빠져나와 다시 춤을 추네

아직 멈추지 않은 흐름에 우린 더 격렬한 춤을 추네
죽음을 알고 추는 우리
결속의 여러 날을 보내고
끝내고 싶지 않은 지금을 몰락시키면서

끝은 보고 싶어 하는구나, 누구나

규정할 수 없는 저 눈동자들
침묵하는 입

저들은

모르고 리듬을 만들고

우린 언제 닥칠지

가족의 생사를 확인하는 건 꿈 같아요

꿈에서 죽음을 만나보지 못한 내가 어머니 가슴을 파고
들었네
저리 가, 제발 꿈이라도 꿔봐
어머니의 귀에 막내가 달려 있어요
막내는 언제나 어머니의 입을 물고 잠이 들어요
어머니의 기침이 계속되어도 떨어지지 않아요
우린 모두 다섯 식구, 언제나 나는 없는 총
제게도 총을 주세요, 어머니
총이 없으면 꿈을 꿀 수 없잖아요

무기의 방향성은 분명치 않아도 생활은 분명했네
아버지는 나날이 주파수가 맞지 않는 라디오를 사랑했네
매일 1분씩 늦어가는 시계는 늘 4시 44분
너의 총은 바로 이거야, 내 눈이 씰룩
「우리는 언제 닥칠지 모르네」를 녹음해 줄래
아버지가 처음으로 노래를 맡겼네
오빠는 하는 일 없이 왔다 갔다
키우던 귀를 자르고 오른쪽 머리를 기르기 시작했네

저녁이면 우린 그림자를 밟으며 쓰린 소리를 냈네
아버지는 오빠라면서 노래에 맞춰 춤을 추고
어머니는 입술이 닳아지면서도 막내의 등에 총을 매주었네
이젠 총알을 좀 주세요
오빠의 없는 귀에서 내 말이 팔랑거리네
눈이나 뜨고 말해
내 혀에 못이 네 군데나 박혔네
수많은 입들이 기적이라며 몰려왔네
어머니의 등에서 아이들이 나오기 시작했다고
아이들은 바다가 잠잠해질 때까지 웃었다고

우린 지금도 짐승의 시간을 보내고 있어
여전히 머리맡에 무기를 두고 잠이 들지

어머니는 어디서 날아가나

아가, 바람을 잡을 수는 없는 거란다

꼭 새를 잡아주셔야 해요

새는 많은 것들의 기도

기도는 모두 어머니

새들이 날아오르는 일을 스치지 마라

제4부 그러려니에게

당신의 카니발

그렇게 춤을 잘 추는 줄 몰랐습니다
악인의 등은 또 언제 만져보셨습니까

최근의 소식은 늘 이렇습니다
매일매일 어떻게 파티에 있을 수 있나요

손을 잡을 수 없게 하면서 두고 가진 말라 하면 어떻게
해야 합니까

매일 밤 치아와 구두들은 빛납니다
늪에서 올린 것들은 어둠의 빛살이 엷어도 충충의 옷들
을 알 수 있다면서요

어서 그 진흙의 맛 좀 봅시다

모두가 아는 환대의 장소는 어딥니까

코끼리

근심의 줄기들이 말라가는 것에 대해 너는 무어라 말할까
나는 아무 말을 할 수 없어 쓰다듬었지

아픈 곳이 없을 것 같아
어떠한 내용도 흙으로 돌아가

널 빚은 생명은 참 많은 근심을 네게 옮겼구나
딱딱해,
만져봐,
숨은 규칙적이야,
들어봐,
언제부터 늙어버린 거야,
커다란 눈을 게으르게 뜨지

근심의 다른 이름 너는

주름의 간격, 주름의 두께, 주름의 깊이, 주름의 빛, 주
름의 생장 속도, 주름의, 주름의, 주름의

미처 알지 못하는 것들에 대해 연구하다 죽은 연구자들의

마지막은 한결같다고 들었어

　이 밖에 또 다른 근심을 만난다면
　무조건 미끄러져

　이것밖에 생각나지 않아요

　거대한 근심이 귀를 만들고 입을 만들고 무엇을 먼저 만
들었다 해도

젤리피쉬 위의 거북이

우리만 살고 있을 깃 같아

어두운 청색
고요를 거느리며
최대한 움직이지 않는 것처럼

물이 없는 것 같아
아주 깊은 바다
우린 어디서 만났을까

이렇게 태어났던 것 살아온 날들
보여 주기 위해서 이러는 건 아니지

얻어 가는 거야
가는 듯 멈춘 듯

심해의 본질은 침묵
얼마만의 고요야

이런 생이 계속되어도

깃발

헐렁한 버스에서 깃발이 나부낀다

사람들의 귀가 커지면서 웃음소리가 커졌다

그들은 계속 깃발을 만지러 왔다

질문하지 않으면 나부낄 수 없어요

버스는 누구도 태우지 않았지만 누구도 내리지 않았다

갑자기 버스가 멈추었다

손에 잿더미가 수북했다

아름다운 곳이라 들었습니다

고만고만한 집들
비를 맞으면 더욱 붉은 기와들

얼마나 아득하니

무궁화꽃이 피었습니다

움찔!

해가 절반만 들어와 놀다 가는 담벼락
엄마가 없는 집은 시무룩해서
아무도 불러주지 않은 내 이름
혼자서 바닥에 그려보았지

여름 장마에 젖어버린 누나
하얀 교복 아래
연탄불 위
운동화 파란

먼 곳을 멍하니

오래오래 본다는 것

고양이들이 들어와 사는 곳
사람이 살지 않은 집부터 사라지는 거야

아름다운 곳이 점점 더 멀어진다는 것
정말 아름다운 알맹이만 사라진다는 것

풍향동 29-31번지

흙산에서 보면 참 좋았어,

이 밤 파랑파랑

결국 떠나는 것이다

마이크를 아주 가까이 대고 속삭이는 거다 수많은 그대들
이 귓구멍을 막고 속삭이는 말을 노래를 숨소리를 알 수도
있고 알 수도 없을 그것들을 생성해 내며 또 다른 귀에 속삭
이거나 눈을 감거나 따라 속삭이거나

코로 한숨을 쉬거나 눈물을 흘리거나 손가락을 구부렸다
폈다 흔들었다 멈추다 뒤집다 말다 하는 것이다 그녀가 그
들이 홀로 혹은 무더기로 찾아와 등을 쓸어주거나 머리를
쓰다듬어주거나 볼을 감싸 주거나 눈물을 닦아주거나 오래
전 이런 밤을 안다고 눈을 깜빡이다 어깨동무를 오래 해주
다가 뒷걸음질을 하며

이 밤,

이런 밤엔 귀가 팔딱이며 가슴지느러미가 향하는 곳으로
파랑파랑 물이 흘러 강으로 차오르는 것인데

집이란 무엇인가

율리시스,
뒤돌아보면 온기만 남아있어
눈은 이방인의 침묵
황폐하다는 말보다 너의 행색을 좀 봐,
내장이 풀려 버린
길에서
집 밖을 나와 집을 찾아
애써 나왔다 찾아 들어가 구석진 소파에 눌러앉지
꼿꼿한 것은 치켜든 율리시스의 꼬리가 아니지
시대의 장르가 네게 장착되어진 거라곤 너의 젖은 양말
후줄그레한 타인의 말들
빌린 돈들 내다 버린 상자들 속 그것들의 주소
당신을 치워버리기 전에 치워요
그것도 노래라고
그것도 시라고
구석을 찾아
어둠을 찾아
이봐요, 가장 어두운 곳이 어딘 줄 알아요?
우린 둘이었는데 하나였는데 하나이고 보니 우린 둘이어
야 해요 하나여야 해요
헤이 헤이헤이, 내장을 감아야 해요, 슬슬

귀향

마른 잎이 창틀에서 빠져나가지 못했다.
저것은 나의 마음 반대쪽에 있구나.
문을 닫자 창틀 한쪽이 떨어졌다.

움직이지 마세요,

불을 켜지 못했어요 아니 불을 켜지 마라 그 어떤 빛도!
어차피 눈을 감고 있다. 어찌 됐든 안은 바깥보다 따뜻
하잖니.
앉기라도 하세요. 옷도 좀 벗으시고요.

흑백사진 속 그가 들이닥쳤다.
순간 황폐가 시작되었다.
그는 여러 번 바닥으로 떨어졌다.

"바깥으로! 몽땅!!"

따뜻한 물에 몸을 좀 담그세요 아니라면 따뜻한 차라도
한 잔 드릴……
따뜻한, 따뜻한 이 말 참 좋구나. 바람이 부네 저 바람

에 날아……

실내는 써늘했다.

문을 좀 열어주겠니, 바람은 좀처럼 잠들지 않아서 한동
안은 좋을 거다.
TV에선 제주 어디 농장 창고에서 신원 미상의 늙은 남자
의 시신을 발견했다는 뉴스가 나오고 있었다
그래 이렇게 숨통이 확 트이게 바람은 불어야 하지

미라를 보게 된다면 이런 모습일 거야,
잠든 남자의 손목에서 시계를 풀어주었다

아내 없는 저녁에 라디오를 켜요

봄에 죽은 앵무새가 아내의 어깨에 앉아있습니다

여보, 방금 보았어요

여보, 오늘이 무슨 요일이죠

오늘은 언제나 토요일입니다

네. 또 토요일입니다

마침 슈베르트 교향곡 8번 제1악장이 연주되고 있습니다

토요일은 일요일이 있어서 얼마나 다행입니까

새로운 프라이팬이 왔습니다

해마다 착하지 않으려고

앵무새 이름을 번갈아 부를 때
강아지의 털을 바람으로 만질 때
여우 고양이의 얼굴만 기억하려 할 때
메리골드의 꽃을 따버릴 때
잎이 무엇을 하기도 전에 꽃을 피워 버린 루꼴라를 자
를 때
모르는 짐승의 말을 알아들었을 때
갑작스런 사이렌 속에서 고요를 보았을 때
작년보다 언제나 견딜 만하다고 입 밖으로 내비쳤을 때

노력하고 있어요

우연의 장소를 공유하는 사이 서로가 할 수
있는 건

누구도 이 벤치에 앉지 않기를
누구도 이 나무를 건드리지 않기를
누구도 이 주위를 얼쩡거리지 않기를
누구도 우리 눈동자를 실험하지 않기를

물론 그 손을 조심해

우린 언제고 끝장날 거지만 지금 당장은 아니야
아직 피고 있지 않은 저 벚나무 아래 비밀이 썩어가는 중
이야

당신이 밥을 준비하는 동안에 나는 나무 타기를 할게
어쩜 나무까지 잘 타니 이렇게 말하고 싶겠지만 일종의
보은이야

볕이 너무 따갑지 않아?
이가 보이지 않게 하품할 수 있었으면 좋겠어!

소설의 첫 문장으로

'개새끼'를 '개. 새. 끼' '개새, 끼' '개새끼'로 써보았다

얼굴들이 스쳤다

불이 꺼지기 직전 얼굴 하나가 크게 들어왔다

이보세요, 이보세요

허공을 향해 손가락들이 부지런히 뭔가를 써댔고 내려다
보는 눈빛들이 무서웠다

여기가 어딥니까

로또가 당첨되면 월요일엔 신당동 떡볶이를 먹
으러 갈 거야

우리 함께 묻어보자

수북한 동전과 몇 장의 지폐

얼마나 기다리면 싹이 날까

우리의 기다림이 진실할 때

주렁주렁 뭐라도 달리면 우린 웃을 수 있을까

엄마는 더 이상 찾지 않을 거야

사람이 사람을 낳지 않은 지 오래되었잖아

그래도 춤은 출 거야

공룡을 타고 뒷걸음질 치는 내가 보이네

영화에서

동화에서

일어나지 않을 일이 뭐가 있을까

나만 쏘옥 빼놓고

건너편에선 푸른 눈이 계속 내리는 거

돼지를 데려와 예쁘고 날씬한 한 마리로

볼 때마다 횡단보도에 서있는

친구는 말합니다

발 문

이방異邦 소녀, 마홍의 시간에 기대어

마홍

0

3년 전 소형 앵무새 두 마리를 집에 들였다. 혹시 함께 살 생명을 선택한다면 단연코 새였다. 물론 그냥 로쟈와 발터가 온 것은 아니었다. 길어질 이야기는 생략. 지금도 베란다 건조대에서 노래하며 놀고 있는 소형 앵무새 동생 조카의 이름을 부르는 것으로 소녀 마홍의 입술은 시작한다.

로쟈_발터_롤랑_꼬나_꼬두_꼬세_꼬네_꼬오_초검_민트_크림. 이 밖에 이름을 갖지 못한 꼬나꼬세의 네 아이들아, 안녕

1 *꼬꼬잠년에게*

아직 눈은 쌓여 있고 볕이 드는 흙담 아래 쭈그리고 앉아
있는 여자아이 둘. 실눈을 뜨고 아무 할 일 없이 콧물을 닦
아내며 나뭇가지로 뭔가를 그리고 있을 때 노랫소리가 들
이닥친다. 제법 긴 그림자들. 동네 아이는 다 모인 것 같
다. 특별히 겁을 주는 것은 아닌데 집단으로 부르는 노래
에서 들려오는 "꼬꼬잠년". 노래가 끝날 때까지 딱 붙은 채
로 눈물 콧물이 흙에 섞이고 등이 차가워질 때까지 옴짝달
싹 못 한다.

이젠 아무 데도 못 가

대신 이렇게 한 번씩 휘파람을 불어야지
　　　　　　　　　　　　　　—「말할 수 없는 소녀」부분

그 누구도 벗어날 수 없는 침묵. 그들이 등을 돌릴 때 반사적으로 집으로 뛰어 들어가 안도의 숨을 쉬었던. 이후 어떻게 개울에서 물놀이를 하고 오이 서리를 하고 함께 흙먼지를 일으키며 동네를 싸돌아다녔는지는 모른다.

그해 여름은 그해 여름

실언들은 자라고

저 닫히지 못하는 입들

—「8월」부분

도시에서 굳이 시골까지 와 바느질을 가르치는 김 선생 큰딸에 대한 소문은 참말 거짓말도 없이 눈덩이처럼 불어났을 것이고 엄격한 외할머니는 속 시린 말을 계속했을 것이다. 일종의 친정 더부살이라 그 누구도 고개를 들 수 없는 때였다.

지난여름 사공을 먹어치운 이 강은 절대 또 건너지 말아야지 했지만 우린 살기 위해 어둔 강물에 흘러야 했어요 아슬아슬하죠 이 강물에 닿으면

—「도강」부분

엄마는 저녁이 되어서야 마을 입구에 들어섰고 집으로 가

기 위한 저수지를 지날 때면 밤이 되었다. 어떨 땐 노도 없는 강을 건넌 것도 같은데, 희끄무레한 달빛도 본 듯하고 출렁거리는 강물도 본 듯하고.

우리의 대안은 노래였는데 오래전 잃어버렸습니다

―「11월의 비」부분

저수지를 통과하며 불렀던 노래는 밤을 잠재우는 노래였지 등에 업히고 한 손에 잡힌 두 아이의 것은 아니었다. 밤에 잠에 먹히지 않기 위한 엄마의 무기였다.

"뱀 같아, 어디, 바람이야, 어디, 발목으로 기어오르고 있어, …(중략)… 이렇게 투명한 뱀"(「차력사와 십이지장충」)처럼 지금까지 맴돌고 있다.

2 물 없이 죽어간 아이에게

"해 지기 전에 도착했으니 손을 잡아도 될까요"(「한곳에 너무 오래 있었습니다」)라고 묻고 싶었다. 그저 손을 잡아주면 손끝이라도 닿으면 돌아와 가슴에 안길 줄 알았다.

마흔이 훨씬 넘어 결혼을 하고 아이는 저절로 생길 거라는 막연함으로 보냈던 시간이었다. 자연스럽게 '류'가 와주길 바랐지만, 쉬운 일이 아니었다. 그렇다고 의학의 도움을

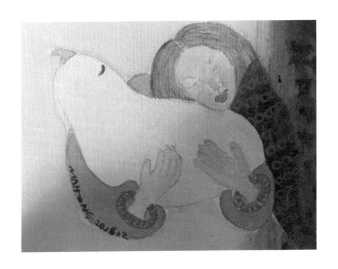

받으려는 생각은 없었던 차에 꿈으로 왔다 떠났다.

'류'는 단발머리 소녀의 모습이었는데, 이미 강물 저 끝에 있었고, 일어서기 전 뒤를 돌아보며 웃는데, 여러 종류의 물고기들이 일렬로 '류'를 향하고 있었다.

"꽃은 늘 건너편에 있다지요" "꽃이 꽃을 탐내서 저리도 환하다지요"(『꽃은 피면서 죽는다』).
사실 아이를 탐내지도 않았고 오히려 아이라면 무조건 예뻐했는데. 작고 여린 것들에 대한 연민은 늘 많았었는데 이젠 정말 기다리지 말라는 듯 '류'는 살포시 웃어주고는 사라졌다.

생각해 보니 '류'가 헤엄쳐 가던 강엔 물이 없었다. 그 꿈을 꾸고 한참 후에야 그 사실을 알았다. 너무나도 또렷한 꿈은 지금도 떠오르고 그때마다 '류'의 웃는 얼굴과 강 맨 끝에 올라선 장면이 남실거린다.

'류'를 잃지 않기 위해 바친다.

감기지 않는 꽃의 눈꺼풀을 먹어버리자
내 말의 눈망울

첫눈은 하얗지
신은 첫눈을 거둬 가

끓는 차 한 잔에 잠을 자고 싶어
추워, 따뜻해, 추워, 따뜻해
묻지 말고 계속 말해 보면 좀 따뜻해져

한 번 지핀 불꽃만큼씩
꽃잎이 얼어가

우린 모두 간절한 생을 살아
마음을 아주 놓고 싶다면 그건 잠의 세상이지
—「나비잠」 전문

'류'는 물 없이 죽어간 아이 이름. 미리 지어 불러서 오다 가버렸을까.

3 어머니에게

철문이 갑자기 닫혔다
스치는 것들은 모두 가루로 흩날렸다

…(중략)…

이대로 허물어지기가 쉽지 않을 때 당신은 살을 벗고 벗
기고
　　　—「자비에 돌란_에르베 기베르_베르나르 포콩」부분

어머니는 아버지가 돌아가시고 이십 년이 된 올해까지 단한 번도 찾지 않으셨다. 철문을 닫고 다시는 열지 않겠다는 것처럼. 한시도 아버지를 언급하지 않은 적 없으신데도. 배우자를 잃고 방치(?)되어서일까. 지금도 생전의 검은 구두가 반듯하게 놓여 있다. 검은 가죽이 삭아 신을 수 없다 해도 부재의 살을 벗겨 내기 싫으신 것인지 매일 닦고 또 닦다가 어느 때는 잊기도 하고.

　나는 무릎을 자주 꿇었어요
　당신은 늘 길게 내려다보았고요

　…(중략)…

　당신 같은 눈빛을 갖고 싶었어요
　그 사이 당신의 눈은 닫혀 버렸지만

—「눈빛」부분

어느 날인가 어머니는 아버지를 내려다보며 독한 말과 함께 손가락을 여기저기 쑤셔대면서 밀쳐냈다. 그 장면을 목격한 소녀는 그 단호한 눈빛을 도려내 멀리 던져버린다. 버려도 제자리로 돌아오는 그 눈빛. 강한 척하는 약자가 보다더 약한 자를 향해 쏟아내는 말들은 치사량의 독극물 같았다. 물론 이것은 환영일 수도 있다.

아침 이슬에 입술을 바치는 걸 기도라고 할 수 있을까

—「검은 개는 빛나고」 부분

아직 다 울지 못하는 어머니의 눈

—「12월 31일」 부분

엄마, 안 따라갈 거야, 안 따라갈 거냐고!

…(중략)…

우리는 매일 집으로 들어가면서 울지만

—「그러니 라디오를 켜볼까요」 부분

어머니는 늘 기도한다. 기도와 어머니는 동의어.

초대받지 않은 곳에 나타나 구원을 향해 삶을 벗어놓고 "규정할 수 없는 저 눈동자들/ 침묵하는 입"(「누가 먼저 춤을 추었나」)을 향해 "어서 무엇이라도"(「저지대」) 이뤄지라고 행동한다. 그러니 "우리의 장소는 언제나 축축하고!"(「저지대」), "무기의 방향성은 분명치 않아도 생활은 분명"(「우린 언제 닥칠지」)하다.

우린 지금도 짐승의 시간을 보내고 있어

여전히 머리맡에 무기를 두고 잠이 들지

—「우린 언제 닥칠지」 부분

어머니를 날려 보내기 위해 이 시를 소리 내어 읊자!

아가, 바람을 잡을 수 없는 거란다

꼭 새를 잡아주서야 해요

새는 많은 것들의 기도

기도는 모두 어머니

새들이 날아오르는 일을 스치지 마라

—「어머니는 어디서 날아가나」전문

4 그러려니와 기타 등등에게

모두가 아는 환대의 장소는 어딥니까
—「당신의 카니발」부분

당신 스스로 '코끼리'라고 생각하자. 당신은 작정하고 원시림을 향한 눈빛을 투사한다. 눈을 감는다. 콧구멍을 최대치로 늘인다. 이것을 반복한다. 그렇다고 생각할 때까지.

"볼 때마다 횡단보도에 서있는"(『코끼리』) 생명들은 로또를 사지 않으면서 당첨을 꿈꾼다.

"우리만 살고 있을 것 같아"라고 말하면서 "이런 생이 계속되어도"(『젤리피쉬 위의 거북이』) 좋을 것만 같다. 하지만 우리의 삶은 코끼리의 살결 같아서 굽이굽이 다른 장면들이 기다리고 있다.

"질문하지 않으면 나부낄 수 없어요"(『깃발』).

세상에 나부끼지 않고 살아갈 수 있나요. 그러니 매 순간 질문하며 살아야 합니다. 이것은 고통입니다.

그러려니와 기타 등등님, "손에 잿더미가 수북"(「깃발」)할 때가 오고 있습니다.

"정말 아름다운 알맹이만 사라진다는 것"(「아름다운 곳이라 들었습니다」)이 안타까워 "따뜻한 물에 몸을 좀 담그세요 아니라면 따뜻한 차라도 한 잔 드릴……"(「귀향」) 수 있기 위해 빗장을 풀어놓습니다. "슈베르트 교향곡 8번"을 켜놓고 찻물을 올리고 커피콩을 갈고 "새로운 프라이팬"에 못난이 쿠키를 굽습니다. 아울러 "봄에 죽은 앵무새"(「아내 없는 저녁에 라디오를 켜요」) 로쟈, 꼬오, 꼬나꼬세의 아기 셋을 위해 화살기도도 하고 베란다 건조대에서 놀고 있는 발터, 꼬나, 꼬두, 꼬네, 초검이와 알을 품고 있는 롤랑, 민트, 크림이를 나지막하게 불러보는 겁니다.

생은 "노력하고 있어요"(「해마다 착하지 않으려고」)가 아닌 살아가는 그 자체가 아닐까요.
"우린 언제고 끝장날 거지만 지금 당장은 아니야"(「우연의 장소를 공유하는 사이 서로가 할 수 있는 건」)라고 말합니다.

'개새끼'를 '개. 새. 끼' '개새, 끼' '개새끼'로 써보았다

얼굴들이 스쳤다

불이 꺼지기 직전 얼굴 하나가 크게 들어왔다
　　　　　　　　　　　　　　　—「소설의 첫 문장으로」 부분

누구에게나 있을 법한 험한 말 하나를 적어봅니다.

　엄마는 더 이상 찾지 않을 거야
　사람이 사람을 낳지 않은 지 오래되었잖아
　　　　　　　　　　　　—「로또가 당첨되면 월요일엔
　　　　　　　　신당동 떡볶이를 먹으러 갈 거야」 부분

그리고 이런 말은 어떤 질문을 받을까요.
제 경우는 이렇습니다.

"여기가 어딥니까"(「소설의 첫 문장으로」).

　　0

시란 무엇인가. 이 무용한 일을 왜 하는 것인가. 시는 정
말 시대의 구원이 될까. 꼭 구해야 하는 걸까. 이 얼토당토
않은 말은 아주 오래된 물음이면서 계속될 것이다.

　지극히 사적인 이 시 하기는 마홍이 하는 그림 하기와 다
를 바 없다. 다만 옷을 갈아입었을 뿐, 이들은 어떤 것들의
드러냄이다. 드러냈을 때 저편의 양상은 저편의 일이 되었
으면 한다. 그것은 아무도 모를 곳의 사마귀의 행보일 수
도 있고, 지구의 위태로움을 감지한 외계인들이 도모할 계

획일 수도 있겠다.

시집을 낼 때마다 촛불을 드는 정국이다.
두 번째 시집 여기 어디에서 시인도 깃발을 들고 촛불을
켜고 기도하고 있다.

우리는 지구 별 여행자로 함께 통과 중이다.
여기 어울려 함께 살아가는 생명들이 더 많이 웃을 수
있길!